LES
PLAISIRS DE L'ESPRIT,
ODE

Qui a remporté le Prix au jugement de l'Académie Royale des Sciences & Beaux-Arts de Pau, en l'année 1768.

Par M. l'Abbé DE MALESPINE.

Nec
Otia divitiis Arabum liberrima muto.
Hor. Ep. VII. lib. 1.

A PARIS,

Chez LESCLAPART, Libraire, au Quai de Gêvres.

M. DCC. LXVIII.

LES
PLAISIRS DE L'ESPRIT,
ODE

Qui a remporté le Prix au Jugement de l'Académie
Royale des Sciences & Beaux-Arts de Pau, en
l'année 1768.

Par M. l'Abbé de Malespine

A PARIS,

Chez LESCLAPART le jeune, au Quai de Chartres.

M. DCC. LXVIII.

PRÉFACE.

QUOIQUE le genre de l'Ode soit décrédité, je n'entreprends pas d'en faire l'apologie. Rien n'échauffe les esprits froids ; ce qui n'est pas didactique leur déplaît, les endort ; & puisqu'ils lisent Pindare sans émotion, ils ne doivent pas le lire sans ennui. Quand on n'a pas reçû de la Nature une imagination vive & prompte à s'enflammer, on se commanderoit vainement des transports pour partager l'impétuosité lyrique : peut-on se donner de l'ame ? Le langage de la Poësie n'est, pour les cœurs insensibles, qu'une obscurité sans principes ; l'élévation de l'Ode leur paroît de l'enflure, ses mouvemens des convulsions, ses écarts un délire, son enthousiasme une phrénésie. Il faut répondre à ces ames pesantes qui restent toujours dans la même situation & que la Poësie n'a jamais pû entraîner, que pour sentir avec énergie, pour admirer avec tressaillement, il faut être capable de créer & de produire, & qu'enfin la stérilité est le vrai principe de l'ennui. On ne sçauroit trop répéter aux *Détracteurs de la Poëſie*, *ce que diſoit un Ancien frappé & extaſié de la beauté d'un Tableau*, *à un homme inſenſible aux merveilles de la peinture :* Prends mes yeux & regarde.

Il eſt d'uſage de s'ériger en légiſlateur du genre dans lequel on s'exerce. On n'aſpire pas à cette gloire *quand on eſt perſuadé qu'il eſt plus difficile de ſuivre les principes reçus*, *que d'inventer des règles arbitraires*. *La manie des ſyſtêmes eſt dans les Arts ce que l'Aſtrologie judiciaire étoit dans la Nature*, *une ſpéculation admirable*, *mais dangereuſe*, *qui*, *au lieu de faire prendre l'eſſor à l'eſprit humain*, *lui donnoit des entraves*. *Faites d'abord des chefs-d'œuvres*, *vous aurez enſuite le droit de divulguer votre ſecret & de créer une méthode.*

Je donne au Public l'Ode ſur les Plaiſirs de l'Eſprit, *que l'Académie de Pau a couronnée. Si j'avois pû paſſer les bornes preſcrites par ce Corps littéraire*, *j'aurois donné plus d'étendue à cet Ouvrage. Le reſpect & la reconnoiſſance que je dois à mes Juges, ne me permettent pas de préſenter au Public ce qui n'a pas été ſoumis à leur jugement.*

Encouragé par ce ſuccès, je publie une autre Ode ſur la Vertu couronnée, que je fis immédiatement après en avoir connu le ſujet ; je crois devoir le rappeller ſuccinctement à ceux de mes Lecteurs qui l'auroient oublié.

Saint Médard, Evêque de Noyon en Picardie, dans le cinquiéme ſiécle, inſtitua la Fête de la Roſe dans ſa Terre de Salency. Cet illuſtre Prélat voulut que la Fille la plus vertueuſe du Lieu, au jugement du Seigneur, du Curé & des Vieillards, fût menée en triomphe, & couronnée de Roſes, en préſence du Peuple. Cet uſage s'eſt conſervé : on fait tous les ans cette cérémonie le 8 Juin, qui eſt le jour de la Fête de Saint Médard, pour honorer à la fois la Roſiere & le Fondateur de cette ſolemnité. Ce Saint Evêque ajoûta 25 livres à la Couronne de Roſes. Quoique cette modique ſomme ne tente pas la cupidité, elle bleſſe peut-être la délicateſſe. Des Guirlandes ! des Guirlandes ! L'honneur ſeul eſt le prix de l'honneur.

PRÉFACE.

La pauvreté ne dépare pas la vertu, & Ulyſſe ne me paroît jamais plus grand que lorſqu'il eſt couvert de haillons chez Eumée.

Les ames honnêtes déſireront, ſans doute, que la Fête de la Roſe ſoit célébrée dans tout le Royaume. Que nous importe en effet de peindre l'innocence, ſi nous ne réformons nos mœurs ? Cette Fête fut établie dans un ſiécle où la ſuperſtition conſacroit tous les uſages ; adoptons-la dans le nôtre où la Philoſophie préſide à nos inſtitutions. Monteſquieu a prouvé que l'abolition des triomphes fit dégénérer l'honneur chez les Romains ; créons-les parmi nous : la vertu eſt le plus ferme appui des Empires. Les Etats ſe ſoutiennent plus par les mœurs que par les victoires, & leur grandeur eſt toujours la récompenſe de leur ſageſſe. Tout le monde ſçait qu'on fit naître les Arts à Florence avec l'émulation, en portant proceſſionnellement un des plus beaux chefs-d'œuvres de la Peinture moderne.

L E S
PLAISIRS DE L'ESPRIT,
O D E.

Fuis, Volupté, mere du crime :
Que peuvent fur moi tes appas ?
Je m'élance & franchis l'abîme
Que tes fleurs couvrent fous mes pas.
A mes fens j'impofe filence :
Leur paffagére jouiffance
Eteint l'ivreffe des defirs.
Mon efprit s'échauffe, s'enflamme ;
La penfée élève mon ame,
Elle éternife mes plaifirs.

Fils de Japet, quel fort funefte
Te punit d'un heureux larcin !
L'homme animé du feu célefte
Des Dieux partagea le deftin.
Comme eux , je contemple mon être :
L'art fublime de me connoître
Suffit à ma félicité ;
Et quand tout rampe fur la terre ,
Je plane au-deffus du tonnerre ,
Je fixe la Divinité.

Au feul afpect de fes Ouvrages
Quels fecrets me font découverts !
Mon efprit devance les âges ,
Je vois éclorre l'Univers.
Le Télefcope d'Uranie
Me montre l'ordre , l'harmonie
Des Mondes flottans dans les Cieux.
Ces Soleils , ces Globes immenfes
Rapprochés , malgré leurs diftances ,
Semblent defcendre fous mes yeux.

Mufes ,

Mufes, ouvrez ce Sanctuaire,
Où vos illuftres Favoris
Du pur flambeau qui les éclaire
Viennent échauffer mes efprits.
Du féjour des Dieux defcendue,
Vérité, tu frappes ma vue!
Le voile tombe, l'erreur fuit.
Tel fur fon char l'Aftre du monde
Diffipe, en s'échappant de l'onde,
Les vains fantômes de la nuit.

Quel moment ! nouvelle exiftence !
Le Génie accourt à ma voix;
Dans fa fublime indépendance
Il dédaigne le fort des Rois.
Loin d'ici, fuperbes efclaves:
De l'or qui couvre vos entraves
Mes yeux ne font point éblouis.
Fuyez : je fuis libre, je penfe;
Eft-il un tréfor qui balance
La liberté dont je jouis ?

B

Du fruit de vos veilles fçavantes
Je m'enrichis, illuſtres Morts.
Fils de Calliope, tu chantes,
Mon ame éprouve tes tranſports,
Sophocle excite mes allarmes,
Son rival m'arrache des larmes :
Je ris avec Anacréon.
Quand j'entends tonner Démoſthène,
Mon cœur eſt citoyen d'Athène,
Je vole aux champs de Marathon (*).

Mon œil dans les faſtes des âges
Saiſit les traits du cœur humain.
L'Hiſtoire eſt l'école des Sages,
Tous ſes tableaux ſont ſous ma main.
J'écarte ſouvent ces prodiges ;
L'eſprit par de brillans preſtiges
Aſſervit, entraîne le cœur....
Pardonne, Raiſon trop ſévère,
J'aime à pourſuivre une chimère,
Le plaiſir naît de mon erreur.

Un feu dévorant me confume !
Quel fouffle anime mes efprits ?
Mon ame coule fous ma plume,
Elle paffe dans mes Ecrits.
Ainfi la matière écumante
S'élève, gronde, impatiente
D'échapper au gouffre enflammé ;
Et par un dédale rapide,
Court, au gré de l'art qui la guide,
Reproduire un Roi bien aimé.

Enfant chéri de mon génie,
Du fort fatal brave la loi.
Je ne regrette plus la vie
Si mon nom la retrouve en toi.
Que j'aime ce fruit de ma verve !
Je l'encenfe : c'eft la Minerve
Qu'a fait éclorre mon cerveau.
Tel enchanté de fon ouvrage,
Pigmalion rendit hommage
Au chef-d'œuvre de fon cifeau.

Que la Fortune & ſes caprices
Sur moi raſſemblent les revers ;
Eſprit ! je goute tes délices ,
Elles me ſuivront dans les fers.
Cette félicité ſuprême
Par ſon charme , de la mort même
Peut adoucir l'aſpect affreux.
Aux yeux d'une épouſe éperdue ,
Tranquille , & bûvant la ciguë ;
Socrate penſe : il eſt heureux.

F I N.

N O T E.

(*) Miltiade , vainqueur des Thraces , défit avec 12, 000 hommes 300 , 000 Perſes à la fameuſe bataille de Marathon , 490 ans avant Jeſus-Chriſt ; les Athéniens firent élever de beaux Mauſolées à leurs Soldats morts dans cette action , & on prononçoit tous les ans l'oraiſon funèbre de ces Héros ſur le théâtre de leur triomphe. Démoſthène invitoit ſes Concitoyens , menacés par Antipater & vaincus par Philippe , à aller ranimer leur courage à Marathon. On cite ce trait de ſes Harangues , comme le triomphe de ſon éloquence : c'eſt le ſentiment de Longin.

LA FÊTE
DE LA ROSE,
OU
LA VERTU COURONNÉE,
ODE.

Virtus . . . .
Intaminatis fulget honoribus.
Hor.

QUE Pindare d'un vol rapide
Des Cieux atteignant la hauteur,
Des jeux célébrés en Elide
Annonce aux Dieux l'heureux vainqueur.
Qu'il le peigne dans la carrière
Couvert d'une noble pouſſière,
Foulant ſon rival abbatu.
Une plus noble ardeur m'inſpire :
Je conſacre aujourd'hui ma lyre
Au triomphe de la vertu.

Quel Peuple heureux fur ce rivage
Des Dieux a fléchi le courroux ?
Du fiécle d'or j'y vois l'image :
Va-t-il renaître parmi nous ?
Toi, * qui d'une aîle enfanglantée
T'envolas pâle, épouvantée,
Fuyant les crimes des mortels,
Reviens; defcends dans cet azyle,
Où de l'innocence tranquille (a)
La main encenfe tes autels.

* Aftrée.

O jours fereins du premier âge,
Oui, vous renaiffez dans ces lieux;
Sans fe parer du nom de Sage,
Les Humains y font vertueux.
Direz-vous, Cités orgueilleufes,
Que vos leçons ingénieufes
Ont rendu les hommes meilleurs ?
L'art corrompt la fimple nature;
Ici d'une fource plus pure
Naiffent la concorde & les mœurs.

Mais quelles soudaines allarmes
Agitent ce séjour de paix ?
Cent Beautés (*b*) font briller leurs charmes,
La Discorde aiguise ses traits....
Où courent ces jeunes Rivales ?
Verrons-nous les guerres fatales
Qu'au Ciel même alluma l'orgueil ?
De son égide un Dieu les couvre ;
Ma crainte cesse, un Temple s'ouvre,
Et la Pudeur est sur le seuil.

A qui s'adressoient tes hommages,
Profane, aveugle Antiquité !
Chaque vice, sous tes faux Sages,
S'érigeoit en Divinité.
L'Intempérance eut ses Prêtresses ;
Par l'encens offert aux Richesses
L'éclat du Ciel fut obscurci.
O Pudeur ! tu fus négligée ;
Mais enfin ta gloire est vengée
Et ton trône est à Salency.

O murs sacrés ! dans votre enceinte
Quel charme ravit mes esprits ?
Partout je vois la noble empreinte
De la Vertu que je chéris.
Une main, sans doute Divine,
Reproduisit cette Héroïne (*c*)
Sous le prestige des crayons.
Victorieuse la premiere,
Elle charma la terre entière,
Et la couvrit de ses rayons.

Que la Mollesse ailleurs t'encense,
Fuis, dangereuse Volupté ;
L'air que respire l'Innocence
De tes feux seroit infecté.
Ainsi la vapeur infernale
Que du volcan la bouche exhale,
Ternit l'émail des tendres fleurs ;
Quand échappés des bords du gouffre
Des flots de bitume & de souffre
Couvrent les champs de leurs fureurs.

Où

Où fuis-je ? O divine allégreffe !
Que tes treffaillemens font doux !
La terre fous mes pieds s’abaiffe . . . .
Mortels, fuis-je encore parmi vous ?
Quel fpectacle s’offre à ma vûe ?
Des Vierges ornent la Statue
Qui doit préfider à leurs jeux.
Pudeur, ton image facrée
N’eft-elle pas affez parée ?
Tu te réfléchis dans leurs yeux.

Fête fainte, innocente guerre,
Le fer ne te fouillera pas ;
Heureux les humains, fi la terre
N’eut jamais vû d’autres combats !
Un Pontife facré s’avance ;
D’une main il tient la balance,
Symbole de fon équité ;
Dans l’autre brille une couronne ;
C’eft à toi, Vertu, qu’on la donne :
Sans tes charmes qu’eft la beauté ?

C

Salency, tes Filles chéries
Peuvent feules la difputer ;
La Sageffe les a nourries,
Toutes brûlent de la porter.
Quand Zéphyre a fondu la glace,
Par fa pourpre la Rofe efface
Les tréfors que Flore produit ;
Le Difque argenté de Diane,
De fa lumière diaphane,
Couvre les flambeaux de la nuit.

Telle éclipfant dans ta carrière
Les Rivales de ta vertu,
Tu parois, divine ROSIERE (*d*),
L'azur de l'écharpe t'eft dû (*e*).
Que ton triomphe m'intéreffe !
La foule autour de toi s'empreffe ;
Qui peut te voir fe dit heureux.
Ton Nom eft l'ame de la Fête,
La Guirlande entoure ta Tête,
Et la Gloire en ferre les nœuds.

Ouvrez-vous, Portes éternelles !
Séjour du suprême bonheur,
Admets au rang des Immortelles
L'Héroïne de la Pudeur....
Que dis-je ? insensé ! Je m'égare....
Quoi ! voudroit-il, ce Ciel avare,
Reprendre un don si précieux ?
Vis parmi nous, auguste Fille ;
Les Cieux sont où la Vertu brille,
Et son regne est celui des Dieux.

La Pudeur t'appelle à son Trône :
L'Olympe applaudit à ce choix ;
De sa main elle te couronne,
Ta bouche va dicter ses loix.
Vois combien elle t'a chérie !
Son domaine fut ta Patrie,
Son sanctuaire ton berceau.
A l'éclat que tu fais paroître,
Le tendre Hymen qui te fit naître
Semble ranimer son flambeau.

Jouis des transports de ta Mere :
Ton triomphe est peint dans ses yeux ;
Elle partage avec ton Pere
L'encens qu'on offre à tes Ayeux (*f*) ;
Quel moment ! Quelle douce ivresse !
Ils versent des pleurs de tendresse ....
Heureux Vieillards ! Chastes Epoux !
Non, de *Philémon* adorée,
Jamais *Baucis* au Fils de Rhée
N'offrit un spectacle si doux.

Mais qu'entends-je ? La Renommée
De ton nom remplit l'Univers ;
Tes traits sur la toile animée
A l'art du burin (*g*) sont offerts.
Tout retentit de ta victoire :
Les rayons épars de ta gloire
D'Astrée annoncent le retour ;
Ainsi l'Olympe se colore
Quand la douce & brillante Aurore
Vient ouvrir les portes du jour.

Arbitres du bonheur du Monde,
Sur les mœurs portez vos regards ;
Parlez : à votre voix féconde
Elles naîtront de toutes parts.
La Vertu modeſte & timide,
De vils tréſors n'eſt point avide,
Sa récompenſe eſt une fleur.
Tel un ſimple rameau de chêne
Etoit, pour une ame Romaine,
Le ſalaire de la valeur.

F I N.

N O T E S.

(*a*) Il n'y a aucun exemple de foibleffe de la part du Sexe à Salency. Je n'en fuis pas furpris. Quand on étudie les hommes, on découvre dans leurs établiffemens le tableau de leurs mœurs.

(*b*) Toutes les Filles de Salency concourent à cette Fête. La couleur de leurs vêtemens eft le fymbole de leur innocence.

(*c*) On voit dans l'Eglife de Salency un Tableau qui repréfente une Fille couronnée par Saint Médard, infituteur de cette Fête. Une tradition orale nous affure que c'eft fa Sœur. Je m'interdis volontiers tout foupçon fur la vérité de ce fait ; il eft fi doux de le croire !

(*d*) C'eft le nom qu'on donne à celle qui remporte le prix.

(*e*) Louis XIII paffoit près de Salency en 1616 ; il envoya M. le Marquis de Gordes, premier Capitaine de fes Gardes, pour faire la cérémonie de *la Rofe* en fon nom. M. de Gordes ajouta, par ordre de Sa Majefté, à la Couronne de fleurs, le Cordon - Bleu, & un Anneau que LA ROSIERE porte le jour de fon triomphe.

(*f*) La réputation perfonnelle de LA ROSIERE n'eft pas la feule prérogative qu'on exige d'elle. Il faut que fa Famille foit irréprochable depuis quatre générations. Cette loi affermit le regne de la vertu dans ces heureux climats. Un feul crime perpétueroit l'opprobre d'un Citoyen par l'ignominie de fa poftérité, qui perdroit fes droits à la Couronne de fleurs. Quel monftre auroit la cruauté de dégrader & de flétrir fes enfans !

(*g*) M. Pelletier de Morfontaine, Intendant de Soiffons, a fait peindre LA ROSIERE par un Elève de M. Boucher. On a gravé ce Tableau à Paris.

APPROBATION.

Lu & approuvé le 10 Mars 1768, MARIN.

De l'Imprimerie de MICHEL LAMBERT, rue des Cordeliers, au College de Bourgogne. 1768.

9 782019 187583